LES BOSQUETS DU PINDE,

CHANSONNIER LYRIQUE.

CHOIX

DE CHANSONS ET DE ROMANCES

LES PLUS NOUVELLES.

1839.

AVIGNON,

PIERRE CHAILLOT JEUNE,

Place du Palais.

LE BILLET DOUX, page 49.

L'ÉCHO DES BOSQUETS

DU PINDE,

CHANSONNIER LYRIQUE.

CHOIX

DE CHANSONS ET DE ROMANCES
LES PLUS NOUVELLES.

À AVIGNON,

PIERRE CHAILLOT JEUNE,
Place du Palais.

FLEUR D'ESPÉRANCE.

ROMANCE.

Que la vie était belle ,
Lorsque tout la charmait ;
Lorsqu'une fleur nouvelle ,
De parfums l'embaumait!...
Trop tôt vient la souffrance,
Dont on craint de guérir....
Amour , fleur d'espérance ,
Un rien , peut vous flétrir.

Que la vie était belle ,
Lorsqu'on pleurait tout bas ,
Aux chants de Philomèle ,
Qu'on ne devinait pas...
 Trop tôt , etc.

Que la vie était belle ,
Et rapide en son cours ,
Lorsqu'une voix jumelle ,
N'avait qu'un mot : toujours !
 Trop tôt , etc.

Que la vie était belle ,
Alors qu'on écoutait ,
En la croyant si belle ,
Cette voix qui mentait !...
Trop tôt vient la souffrance ,
Dont on craint de guérir...
Amour , fleur d'espérance ,
Un rien peut vous flétrir.

SANS ESPOIR.

ROMANCE.

Ange de grace et de douleur ,
Qu'un ange abrite de ses ailes ;
Toi , si belle près de ta sœur ,
Belle pourtant parmi les belles.
Ah ! sous un charme ainsi que moi ,
Hélas ! si le ciel t'eût formée ;
Mon Dieu ! que je t'aurais aimée ;   } bis.
Que d'amour j'aurais eu pour toi.

Lorsque la foule pour te voir ,
Accourt , joyeuse en sa vîtesse ,
Tremblant et seul je viens le soir ,
Te contempler avec ivresse.
    Ah ! sous un charme , etc.

O toi ! que je crains de nommer ,
Et pour qui ma raison s'égare ,
Non , non , je ne dois pas t'aimer ,
Tout le défend , tout nous sépare ;
    Mais sous un charme , etc.

LA GENTILLE PROVENÇALE.

Air : De sans espoir ,

Ange de grace et de douleur.

Je suis un troubadour galant ,
Dont la voix douce et séduisante ,
A le son si pur, si touchant ,
Qu'elle charme , ravit , enchante.
Viens écouter , sexe trompeur ,
Et toi , joviale jeunesse ,
Des chan's qui remplissent le cœur
D'une voluptueuse ivresse.

Je vais peindre avec sentiment
Les attraits d'une provençale ;
Si mes chants sont ceux d'un amant ,
En beautés , elle est sans rivale.
Sa bouche ressemble à la fleur ,
S'ouvrant , timide , à peine éclose ,
Son brillant teint à la couleur ,
Et du jasmin et de la rose,

Sur son front plus blanc que le lys,
Ses noirs cheveux que l'amour tresse,
Bouclés en ondoyants replis,
Mollement zéphir les caresse.
Son œil pétillant, plein de feu,
Doux comme l'œil de la gazelle,
De fasciner se fait un jeu :
Car du plaisir, c'est l'étincelle.

Air ingénu, charmant souris,
Langage doux qui parfois raille,
Cou d'albâtre, bras arrondis,
Sous corset gentil, svelte taille.
Maintien gracieux et sémillant,
Petits pieds mignons, jambes fines,
D'un bond léger, vont sautillant
Comme le daim sur les collines.

Et quand à ses secrets appas,
Elle est trop modeste et trop sage ;
Aussi je n'en parlerai pas ;
Pour que ce délicat hommage
Mérite enfin qu'un jour mon cœur,
Victorieux de tant de charmes,
Oblige sa fière pudeur
A l'hymen de céder les armes.

TERESA LA DANGEREUSE.

CHANSONNETTE.

Ah ! si vous allez à Venise,
Gardez-vous, gardez-vous de voir
Belle sous une mante grise,
La batelière à l'œil si noir,
Rien qu'en ramant sur la lagune,
Le soir (*bis*), mon Dieu ! (*bis*), que Teresa
la brune
Est dangereuse à voir,
Mon Dieu ! qu'elle est dangereuse à
voir.   (*bis.*)

De mille refrains d'Italie
Elle va, charmant les échos,
Et sa voix douce et si jolie,
Rend tout tremblants les matelots.
    Rien qu'en ramant, etc.

Et qu'en va sonnant de l'horloge,
L'heure où les barques rentreront,
Le gondolier comme le Doge

Le riche et le pauvre diront :
   Rien qu'en ramant sur la lagune,
Le soir (*bis*), mon Dieu ! (*bis*) que Teresa
  la brune
    Est dangereuse à voir ,
Mon Dieu ! qu'elle est dangereuse à
  voir.   (*bis.*)

LE CLOCHER DE MON VILLAGE.

CHANSONNETTE.

Chez nous , il est un monastère ,
Qui s'élève au milieu du bois ;
Souvent sa cloche avec mystère ,
Nous jette de mourantes voix.
Il me souvient qu'en mon jeune âge ,
Je l'écoutais dans le lointain ;
Mais du clocher de mon village ,   } *bis.*
J'aimais mieux le timbre argentin.

Un jour pour la terre étrangère ,
Il me fallut quitter ces lieux ;
Ces lieux , où je laissais ma mère ,
Et qu'en pleurant suivaient mes yeux....

Mais quand je perdis leur image,
Long-temps encor dans le lointain,
Du beau clocher de mon village,
J'entendis le timbre argentin.   } bis.

Mais, je reviens, et plus j'avance,
Le buisson, la fleur, le ruisseau,
M'apporte un doux parfum d'enfance,
Un doux parfum de mon hameau ;
Et comme aux jours de mon jeune âge,
J'entends déjà dans le lointain,
Du beau clocher de mon village,   } bis.
Résonner le timbre argentin.

COURAGE ET RAISON.

ROMANCE.

Dans le vieux château de son frère,
Vivait un jeune chevalier,
Novice dans l'art de la guerre,
Plus novice dans l'art d'aimer.
Les belles disaient quel dommage !
Faut-il qu'un aussi beau garçon,
Ait encor si peu de courage,   } bis.
Ou bien déjà tant de raison.

La jeune et modeste Clémence,
Se taisait seule en le voyant,
Mais tout en gardant le silence,
Elle soupirait tendrement ;
Il entendit ce doux langage,
Et bientôt le pauvre garçon
Sentit qu'il gagnait du courage, } bis.
Mais qu'il perdait de la raison. }

Après avoir par sa vaillance
Prouvé son heureux changement,
Il revint auprès de Clémence,
Et lui disait en rougissant :
O vous, dont ma gloire est l'image
Si j'ai mérité quelque don,
Soyez le prix de mon courage, } bis.
Ou bien rendez-moi ma raison. }

Guerrier qui servez une belle,
Ou qui courez au champ d'honneur,
Soyez vaillant, soyez fidèle,
Et je vous promets le bonheur.
Si quelqu'un vous dit : soyez sage,
Répondez à cette leçon :
Avec l'amour et le courage, } bis.
On se passe de la raison. }

LA CAPTIVE.

ORIENTALE

De *Victor Hugo*.

Si je n'étais captive
J'aimerais ce pays,
Et cette mer plaintive,
Et ces champs de maïs,
Et ces astres sans nombre...
Si le long du mur sombre
Étincelait dans l'ombre,
Le sabre des spahis....

J'aime ces tours vermeilles,
Ces drapeaux triomphants,
Ces maisons d'or pareilles
A des jouets d'enfants ;
J'aime pour mes pensées,
Plus mollement bercées,
Ces tentes balancées
Au dos des éléphants.

J'aime, en un lit de mousse,
Dire un air espagnol,

Quand mes compagnes douces,
Du pied rasent le sol,
Légion vagabonde,
Où le sourire abonde,
Font tournoyer leur ronde,
Sous un rond parasol.

Mais surtout quand la brise,
Me touche en voltigeant,
La nuit j'aime être assise,
Etre assise en songeant :
L'œil sur la mer profonde,
Tandis que pâle et blonde,
La lune ouvre dans l'onde,
Son éventail d'argent.

LE TAMBOURIN.

CHANSONNETTE.

Tambourin et musette
Résonnent sur l'herbette,
Qu'il est cruel d'être au logis seulette.
Pour chasser le chagrin,
Pour chasser le chagrin,
Dansons au son du tambourin.
Dansons au son du tambourin.

Pour le punir de n'être pas sincère,
Reste au logis, a dit ma grand'maman,
Un jour de fête une faute légère,
Méritait-elle un si grand châtiment ?
   Tambourin et musette
   Résonnent sur l'herbette,
Qu'il est cruel d'être au logis seulette.
  Pour chasser le chagrin,
   Pour chasser le chagrin,
   Dansons au son du tambourin.
   Dansons au son du tambourin.

Par ce ruban par cette fleur nouvelle,
J'allais orner, embellir mes appas,
 Cachons-le vite, à quoi sert d'être
    belle ?
Dans le hameau on ne me verra pas.
  Tambourin et fillette, etc.

Peut-être Jule, en ce moment funeste,
Offre à Babet et sa main et son cœur,
Oui, je le sens.... bien que je le
    déteste,
S'il m'oubliait; j'en mourrais de dou-
    leur.
  Tambourin et fillette, etc.

Bien fatiguée, ici la jouvencelle
A suspendu ses accents et ses pas;

Sur ses beaux yeux, Morphée étend
    ses ailes,
Mais en rêvant, elle chantait tout
    bas :
    Tambourin et fillette,
    Résonnent sur l'herbette,
Qu'il est cruel d'être au logis seulette.
    Pour chasser le chagrin,
    Pour chasser le chagrin,
    Dansons au son du tambourin,
    Dansons au son du tambourin.

LES LAVEUSES DU COUVENT.

ROMANCE.

Holà ! fillette, brune et blanche,
La belle au panier sur la hanche,
Où vas-tu les bras nus au vent ?
— Beau cavalier, je vais sous l'arche,
Dans le courant de l'eau qui marche,
Laver les nappes du couvent.   (bis.)
Jeanne, Jeanne, n'écoute pas douces
    paroles,
Jeanne, crains les discours frivoles,
D'un cavalier, d'un cavalier trompeur,
    Trompeur et léger.

Holà ! la fille brune et blanche ,
Tu dois être belle un dimanche,
Avec un corset de velours.
— Beau cavalier sur la grand'place ,
Plus d'un écolier quand je passe,
Me trouve belle tous les jours.   (b
        Jeanne , etc.

Si tu veux être châtelaine,
J'ai trois villages dans la plaine ,
Et mon château ceint d'un fossé.
— Beau cavalier , je suis plus fière ,
Je veux avoir la terre entière ;
Mais , j'ai pris Dieu pour fiancé.   (b
        Jeanne , etc.

On l'entendit prendre la fuite,
Dirent les laveuses ensuite ,
Sur le cheval du cavalier.
Le soir on la revoit sous l'arche,
Mais c'est comme une ombre qui marcl
Chantant dans l'écho du pilier.   (b
Jeanne , Jeanne , n'écoute pas dou
        paroles ,
Jeanne , crains les discours frivoles ,
D'un cavalier , d'un cavalier trompe
        Trompeur et léger.

DIS-MOI QUE T'AIME !

ROMANCE.

Dis seulement, dis-moi je t'aime !
Et pour toujours je suis à toi ;
Mais je veux de ta bouche même,
Ce mot qui m'engage ta foi.
Pour ce mot je donne ma vie,
Pour ce mot je donne mon cœur,
Et mon sort est digne d'envie
Et mon amour est du bonheur.

Ce mot que votre amour désire
Ce mot, s'il sortait de mon cœur
A votre cœur peut-il suffire ?
M'aimerez-vous comme une sœur ?
Dis seulement, dis-moi je t'aime !
Assez pour renoncer à toi !....
Mais je veux de ta bouche même
Ce mot qui m'engage ta foi.

Écoute, et vois si tu m'es chère !...
Je jure et j'aurai ce pouvoir,

De t'adorer avec mystère,
Mais de t'adorer sans espoir.
Et maintenant, dis-moi je t'aime !
Car, si t'aimer est tout mon cœur,
Je te préfère à mon cœur même,
Si ton repos est mon bonheur !

LA FILLE DE SAVOIE.

ROMANCE.

Dejà loin du village
Ou ton cœur maternel,
A placé mon jeune âge,
Sous la garde du ciel ;
Je marche vers la France,
Triste, mais sans effroi ;
J'emporte l'espérance,
Que Dieu veille sur moi !
Ne crains pas que j'oublie,
Notre dernier adieu,
En paix je me confie
A la grace de Dieu.

Pour adoucir la gêne,
Qui pèse sur tes jours,

Au travail à la peine,
Bientôt j'aurais recours ;
Pour toi le ciel me donne,
Du courage aujourd'hui ;
Jamais il n'abandonne
Ceux qui comptent sur lui.
   Ne crains pas , etc.

On dit que dans la France ,
Où je vais voyager ,
Pour la simple innocence ,
Il est plus d'un danger.
Moi , sans honte au village ,
Un jour je reviendrai.
J'en sortis pauvre et sage ;
Sage , j'y rentrerai.
Ne crains pas que j'onblie ,
Notre dernier adieu ,
En paix je me confie
A la grace de Dieu.

HIRONDELLE , DOUCE ET FRÊLE.

ROMANCE.

Hirondelle
Douce et frêle ,

Que j'attends ··   *(bis.)*
Au printemps ;
Qui timide ,
Va sans guide ,
Effleurant   *(bis.)*
Le torrent·
Sous l'ombrage
Du rivage ,
Je te vois   *(bis.)*
Cette fois ;
Sois moins vive ,
Moins craintive ;
Te voici ,
Reste ici ,
Hirondelle ,
Douce et frêle ,
Que j'attends   *(bis.)*
Au printemps.

Loin des villes ,
Tu t'exiles ,
Et t'enfuis   *(bis.)*
Quand les nuits ,
Vent d'automne
Tourbillonne ,
Que les toits   *(bis.)*
Sont trop froids.

Oh ! viens vîte ,
Ma petite ,
Les enfants ,
Sont aux champs ;
Tiens , regarde ,
Je te garde ,
Au midi ,
Un abri.

    Hirondelle , etc.

Fille aimante
Et charmante ,
Aux grands yeux   *(bis.)*
Pleins de feu ,
Va connaître
Ta fenêtre ,
Et te voir   *(bis.)*
Chaque soir.
C'est ma belle ,
Viens près d'elle ,
Et demain   *(bis.)*
Par sa main ,
De fougère
Bien légère ,
Tout ton nid
Est garni,

    Hirondelle , etc.

NAPLES.

BARCAROLLE.

Le doux printemps se lève,
Riche comme un beau rêve ;
Partons , amis , partons.   *(bis.)*
L'hirondelle légère ,
Ne rase plus la terre ,
Les vents nous serons bons.   *(ter.)*
   Vogue ma balancelle ,
   Chantez , gais matelots ,
   Que votre voix se mêle
   Au murmure des flots.   *(5 fois.)*

A l'horizon , la brume ,
Le Vésuve qui fume ,
Promet Naples aujourd'hui ;   *(bis.)*
Dans cette ville heureuse ,
La vie est gracieuse
Comme un jardin fleuri.   *(ter.)*
   Vogue , etc.

Sous ce beau ciel d'étoiles ,
La nuit étend ses voiles ,

Le gaî Napolitain ,   (bis.)
Chante la sérénade ;
Puis sous la colonnade
S'endort priant un saint. . . (ter)
    Vogue , etc.

Des femmes peu cruelles ,
Des fleurs toujours nouvelles ,
Des bains chers aux amours ,   (bis)
Des concerts , des prières ,
Un ciel pur , des cratères ;
Voilà Naples toujour.   (ter.)
    Vogue ma' balancelle ,
    Chantez gais matelots ,
    Que votre voix se mêle
    Aux murmures des flots. (5 *fois*.)

TA VOIX.

CHANSONNETTE.

Lorsque je suis dans ma demeure ,
Pauvre pêcheur , couché la nuit ,
J'aime entendre le vent qui pleure ,
Et l'oiseau des mers qui gémit.
Mais , mais , j'aime bien mieux , ma belle ,

Lorsque j'entends ta voix ,
Ta voix qui me rappelle
Ton joli minois.
Ah , ah , ah , ah , ah , ah , ah , ah , ah ,
Ta voix , ta voix , ma belle ,
Ta voix , ta douce voix.
Ah , ah , ah , ah , ah , ah , ah , ah , ah.

Pendant le jour , sur l'autre rive ,
J'écoute avec un doux émoi ,
Si dans la brise qui m'arrive ,
Rien ne me parlera de toi ;
Mais , mais , le cœur me bat , ma belle ,
Lorsque j'entends ta voix ,
Ta voix qui me rappelle
Ton joli minois.
Ah , ah , etc.

Si , loin de toi , pendant l'orage ,
Je suis retenu par la nuit,
Le ciel est noir , je perds courage ,
Pas un astre pour moi ne luit ;
Mais , mais , mais , ta voix qui m'appelle ,
Et parvient jusqu'à moi ,
Et me conduit vers toi.
Ton joli minois.
Ah , ah , ah , ah , ah , ah , ah , ah , ah ,

Ta voix, ta voix, ma belle,
Ta voix, ta douce voix.
Ah, ah, ah, ah, ah, ah, ah, ah, ah.

LAURETTE.

ROMANCE.

Joli minois, vingt ans à peine,
Taille fine et regard charmant ;
Front de neige, tresse d'ébène,
Gaieté folâtre et cœur aimant.
Voilà bien cette bergerette,
Tendre et naïve tour-à-tour. (*bis*)
Trouvez-moi donc une Laurette,
Parmi vos dames de la cour.

Elle est belle dans sa parure,
Point d'art ni secours étranger,
Elle est belle, elle est fraîche et pure
Comme la fleur de l'oranger.
Elle est en simple colerette,
Belle comme un rayon du jour ; (*bis*)
  Trouvez-moi, etc.

De la constance, heureux modèle,
A son tour, Laurette aimera,

Et Laurette sera fidèle
Au premier choix qu'elle fera.
Osez-vous lui compter fleurette ,
Elle rougit au nom d'amour. (*bis.*)
    Trouvez-moi , etc.

De Laurette qui vous regarde ,
Craignez le souris gracieux ;
Mes chers amis , prenez bien garde
Au doux langage de ses yeux ;
Ses yeux font blessure cruelle ,
On n'en guérit pas dans un jour. (*bis.*)
Trouvez-moi donc une Laurette ,
Parmi vos dames de la cour.

O MA COLOMBE !

ROMANCE.

O ma colombe si jolie ,
Blanche colombe , mon amour ,
Mais, pourquoi donc , je vous en prie ,
Soupirez-vous , la nuit , le jour ? (*bis*)

Est-il de colombe , entre nous ,
Qui soit plus heureuse que vous ?

N'avez-vous pas , belle maîtresse ,
Soir et matin , qui vous caresse ,
Sous mes rideaux , un doux sommeil ,
Et mes baisers pour le réveil.   (bis.)
O ma colombe si jolie ,
Blanche colombe , mon amour ,
Mais , pourquoi donc , je vous en prie ,
Soupirez-vous , la nuit , le jour ? (ter.)

Avec moi lasse d'habiter ,
Songeriez vous à me quitter ?
Pour vous donner la nourriture ,
Capricieuse créature ,
Trouverez-vous sur le chemin ,
Lèvres de roses et blanches mains ? (bis.)
    O ma colombe , etc.

Pourquoi roucouler tristement ?
Peut-être qu'en vous attendant
Meurt loin de vous , ramier fidèle ,
Oh ! oui , car vous battez de l'aile ,
Vers lui bien vite il faut voler ,
Il faut voler , le consoler.   (bis.)
O ma colombe , si fidèle ,
Oui , je vous rends et pour toujours
Au doux ramier qui vous appelle ,
Au doux ramier, vos seuls amours. (ter.)

LE CALME.

MÉLODIE.

Voyez la mer tranquille ,
Ressemble au ciel d'azur ,
Et sur le flot docile
Glisse un air frais et pur....
Ah ! sur la mer si belle ,
N'allez pas voyager ,
La mer est infidèle ,
Et le temps peut changer.
Non ! sur la mer si belle ,
N'allez pas voyager !
La mer est infidèle ,
Et le temps peut changer.

La vague calme et douce ,
Arrive jusqu'à nous ,
Et jette sur la mousse
Mille parfums plus doux.
Ah ! sur la mer , etc.

Sur cette pauvre plage ,
Il n'est que peu de fleurs ;

Mais sur l'autre rivage
Peut-être, il est des pleurs !
Ah ! sur la mer si belle,
N'allez pas voyager !
La mer est infidèle,
Et le temps peu changer,
Non ! sur la mer si belle,
N'allez pas voyager !
La mer est infidèle,
Et le temps peut changer.

LA BATELIÈRE.

Jamais, dans Venise la fière,
On n'a rien vu d'aussi charmant,
Que Nina, jeune batelière,
A la voix douce, au cœur aimant,
Brune, car elle est d'Italie,
Si le lys a plus de blancheur,
La rose a bien moins de fraîcheur.
Mon Dieu ! qu'elle est jolie,
Nina, la fille du pêcheur ;
Mon Dieu ! mon Dieu ! qu'elle est jolie,
Nina, la fille du pêcheur.

Quand avec grace elle s'incline
Pour agiter son aviron,
Voyez comme sa taille est fine,

Voyez comme son bras est rond.
    Brune : car elle est d'Italie, etc.

Quand l'onde réfléchit l'image
De Nina qui vient à passer ;
J'éprouve une jalouse rage,
Les flots semblent la caresser.
    Brune : car elle est d'Italie, etc.

Et puis quand le soleil se voile,
Quand mille astres brillent aux cieux,
Vainement je cherche une étoile,
Ayant le charme de ses yeux.
Brune, car elle est d'Italie ;
Si le lys a plus de blancheur,
La rose a bien moins de fraîcheur.
Mon Dieu ! quelle est jolie,
Nina, la fille du pêcheur ;
Mon Dieu ! mon Dieu ! qu'elle est jolie,
Nina, la fille du pêcheur.

LE GONDOLIER.

BARGAROLLE.

A la voix qui t'appelle,
Loin des regards jaloux,
Quand viendras-tu, ma belle,

Je suis au rendez-vous,
Le Dieu d'amour pour nous
A fait naître un beau jour,
Hâtons-nous d'être heureux
Voguons, voguons tous deux.
La la la la la la la la la la la la la la la la.

L'air est frais et tranquille,
Et le zéphir léger
Sur ma gondole agile
Se plaît à voltiger.
    Le Dieu, etc.

Vers nous dès qu'il arrive,
Saisissons le bonheur,
Sa course est fugitive
Comme un rêve enchanteur.
    Le Dieu, etc.

Il a quitté la plage
Où naguère il chantait,
Et l'écho du rivage
Seul alors répétait.
Le Dieu d'amour pour nous
A fait naître un beau jour,
Hâtons-nous d'être heureux,
Voguons, voguons tous deux.
La la la la la la la la la la la la la la la la.

NELLA.

CANZONA.

Qu'elle chante sous la brise,
Qu'elle rêve sous la brise,
C'est la perle de Venise ;
Pudeur, grace, tout est là,
Oui, tout, oui, tout est là.
C'est la rose sans égale,
La colombe virginale.
C'est l'étoile matinale,
Encor mieux, c'est Nella !
Le plus riche de Venise
Vint lui dire, l'ame éprise :
Jeune fille, sois marquise,
Sois ma femme, ma Nella.
Non, non, j'aime, j'aime un page,
Qui me jure mariage,
S'il est pauvre c'est dommage,
Mais je l'aime tout est là.
Oui, je l'aime tout est là,
Riche ou pauvre qu'est cela ?
Prince ou page qu'est cela ?
Oui, je l'aime, oui, je l'aime, tout est là.

LES PLAINTES DE LA JEUNE FILLE.

BALLADE.

L'orage en passant fait gémir le feuillage,
Et moi, tristement je m'assieds au rivage.
Les flots, à mes pieds, ont rugi furieux,
Quelle nuit, je ne vois ni la mer ni les cieux,
Et des pleurs, sans témoins, couleront de
      mes yeux.

Mon cœur déjà mort ne veut point d'espé-
      rance,
Ma vie est déserte. Ah ! c'est trop de souf-
      france.
Mon Dieu, près de vous, rappelez ma
      douleur ;
Car le jour, à mes yeux, a perdu sa douceur.
J'ai vécu de l'amour, j'ai goûté le bonheur.

Hélas ! vaines pleurs, que nous sert d'en
      répandre,
Les morts tant pleurés, peuvent-ils nous
      entendre,

3

Mon Dieu, vous savez si mon cœur doit
      souffrir ;
Dites-moi, par pitié, ce qui peut le guérir.
Ah ! parlez, à vos lois, je promets d'obéir.

Eh bien ! laisse aller tes regrets et tes larmes,
Les pleurs sans espoir ont encor quelques
      charmes ;
Les pleurs ont guéri plus d'un cœur qui
      souffrait,
Quand il faut vivre encor sans celui qu'on
      aimait ;
Il n'est rien de si doux qu'un fidèle regret.

DOUCE MADONE.

Vierge Marie,
Que toujours prie,
Soir et matin
Le pèlerin.
Douce Madone,
Qui toujours donne
Paix et bonheur,
Sauve mon cœur !
C'était un soir en ma chaumière,
Je songeai à ma pauvre mère ;

Peblo vint s'asseoir près de moi ,
Et me dit : je n'aime que toi. ..
Anna , crois-le , je t'en conjure ,
Jamais ma bouche fut parjure.
Chacun doit aimer ici bas ,
Puis , il me pressait dans ses bras.
   Vierge Marie , etc.

Je crus en lui , Vierge Marie ,
Je crus qu'ainsi serait ma vie ,
Puis que toujours il m'aimerait ,
Et chaque jour , me le dirait.
Moi seule , n'ayant plus de mère ,
J'écoutais sa voix mensongère ,
Oh ! pourquoi rêver le bonheur
Si le réveil fait le malheur.
    Vierge Marie , etc.

Deux mois entiers je fus charmée ,
De l'aimer et d'en être aimée ;
Mais aujourd'hui, ce n'est plus moi,
J'ai perdu son cœur et sa foi ;
Et l'on ma dit qu'avec Nicette ,
Il se mariait à la fête ;
Car un jour , il partit , hélas !
Et depuis , ne le revis pas.
    Vierge Marie , etc.

MA NACELLE.

BARCAROLLE.

Comme le ciel est pur , dans ma barque
  légère ,
Je veux m'aventurer et voguer au hasard ;
Le matin est trop beau pour rester sur la
  terre ,
Mes rames : viens , Marie , et pressons le
  départ.

      Partons vîte ,
      Je quitte
Sans regret mes côteaux,
      Ma nacelle
      Est si belle ,
Quand elle fend les eaux.   *(bis.)*

Quand je te fis la cour , t'en souviens-tu ,
  Marie ?
Quand sensible à mes vœux tu promis de
  m'aimer.
Ce fut , je m'en souviens , dans ma barque
  jolie ,

Qui suivit le courant : j'oubliais de ramer.
Partons vîte, etc.

Ma nacelle est pour moi la plus belle du
monde,
Oui pour moi qui ne suis qu'un malheureux
pêcheur ;
Marie à mes côtés, je me crois roi de
l'onde.
Je ne demande rien, n'ai-je pas le bonheur.
Partons vîte,
Je quitte
Sans regrets mes côteaux.
Ma nacelle
Est si belle,
Quand elle fend les eaux.   (*bis.*)

L'EXILÉ.

ROMANCE.

Sous le ciel étranger, de nobles châtelaines,
M'ont dit : Jeune exilé, viens dans notre
manoir,
Au foyer du Castel il est doux de s'asseoir.
J'ai dit : non, non, jamais, je veux garder
mes peines,

Dans l'exil
Se peut-il
Qu'on oublie
Sa patrie,
Son amour
Un seul jour.

La dame du Castel sur sa harpe chérie,
Dira des chevaliers, la gloire et les amours,
Les doux chants des longs soirs, abrégeront
    le cours,
Et j'ai dit : A mon cœur laissez sa rêverie !
    Dans l'exil, etc.

Un jour en soupirant, gentille demoiselle,
Me dit : Jeune étranger, pourquoi veux-tu
    partir ?
Ne me dis pas adieu, sans toi je vais mourir,
Et j'ai redit encor : Je veux rester fidèle !
    Dans l'exil
    Se peut-il
    Qu'on oublie
    Sa patrie,
    Son amour
    Un seul jour.

LE FIL DE LA VIERGE.

ROMANCE.

Pauvre fil qu'autrefois ma jeune rêverie,
  Naïf enfant,
Croyait abandonné par la Vierge Marie,
  Au gré du vent ;
Dérobé par la brise à son voile de soie,
  Fil précieux ;
Quel est le Chérubin dont le souffle t'envoie
  Si loin des cieux.
Viens-tu de Bethléem, la bourgade bénie,
  Frêle vapeur ?
De l'encens qu'apportaient les mages d'Ar-
     ménie]
  Pour le Seigneur.
Sur les palmiers du Nil, la ronce te prit-
     elle ?]
  Au manteau bleu ;
Où la Reine des Cieux, fugitive et mortelle,
  Cachait un Dieu.

Detaché quelque part de sa blanche auréole
  Quand tu viens ;

Furtif et méconnu comme un faible symbole
Des vieux chrétiens.
Oh ! je l'aime, vois-tu, parce qu'une croyance
Est avec toi !
Tu viens comme un lambeau de la première
enfance]
Et de sa foi.
Tu viens comme autrefois les blanches tour-
terelles,]
Discrets courriers !
Portant un peu d'espoir suspendu sous leurs
ailes]
Aux prisonniers.
Tu me rends d'autre fois les tranquilles soi-
rées,]
Et les enfants,
Et les vierges marchant dans les fêtes sacrées,
En voiles blancs.

—

En ce temps d'innocence où l'ame est toute
éprise]
Pour une fleur !
Quand l'orgue aux longs accords soupirait
dans l'église]
Avec mon cœur,
Quand l'ombre de ma mère, attendrie et
charmée]
Venait le soir,

Écarter les rideaux de l'alcôve fermée
　　　　Pour mieux me voir !
Adieu ! pauvre fil blanc, je t'aime..... vole
　　　　　　　　　　encore]
　　　　Mais ne vas pas ,
T'arrêter au buisson dont l'épine dévore ,
　　　　Et tend les bras.
Ne te repose pas quand du haut des tou-
　　　　　　　　　　relles ,]
　　　　Le jour a fui ;
Vole haut , près de Dieu. Les seuls amours
　　　　　　　　　　fidèles]
　　　　Sont avec lui.

NIZZA,

CANZONETTA.

Nizza , je puis sans peine ,
Dans les beautés de Gênes ,
Trouver plus douce reine ;
Mais plus beaux yeux jamais,
Oh ! oui , plus douce reine,
Mais plus beaux yeux jamais.
　　Non , non , jamais !

Tu peux trouver sans peine
Plus haut seigneur dans Gênes,
Pour te nommer sa reine,
Mais plus d'amour jamais,
Plus haut seigneur dans Gênes,
Mais plus d'amour jamais.
 Non , non , jamais !

Tu peux avec tes charmes ,
Remplir mon cœur d'alarmes ,
Et le noyer de larmes ,
Mais le changer jamais ,
Oui , le noyer de larmes ,
Mais le changer jamais.
 Non , non , jamais !

Je puis, mourant d'alarmes
Les yeux brulés de larmes ,
Maudire un jour tes charmes ,
Mais t'oublier jamais.
Oui , maudire tes charmes,
Mais t'oublier jamais.
 Non , non , jamais !

SIMPLE AMOUR.

ROMANCE.

P
artons , partons , ta douce amie ,
Des cités , veut fuir la splendeur ,
Viens , je te suis dans la prairie ,
Ah ! viens ; c'est là qu'est le bonheur ,
Ah ! viens dans la prairie ,
C'est là , c'est là , qu'est le bonheur !

Nous cueillirons la blanche paquerette ,
Le bouton d'or et le bleuet d'azur ,
La marguerite , elle qui te répète
Le tendre aveu de l'amour pur.
          Ah ! viens , etc.

Assis tous deux près d'un ruisseau limpide ,
Je te dirai les pensers de mon cœur ,
Vois s'échapper de ma paupière humide ,
Larmes d'amour , présage du bonheur ,
          Ah ! viens , etc.

Je tracérais dans l'écorce polie ,
Nos doux serments échangés tant de fois ,

Ah ! laisse-moi répéter mon amie ,
Que je veux vivre et mourir sous ta loi.
  Ah ! viens , etc.

Je veux t'aimer de l'amour le plus tendre ,
Je veux le dire aux échos d'alentour ,
Jolis oiseaux, vous saurez me comprendre ,
Vos chants joyeux , ne sont-ils pas d'amour ?
Ah ! viens dans la prairie ,
C'est là , c'est là , qu'est le bonheur !

LE VŒU.

ROMANCE DE VICTOR HUGO.

Si j'étais la feuille que roule
L'aile tournoyante du vent ,
Qui flotte sur l'eau qui s'écoule ;
Et qu'on suit de l'œil en rêvant ,
Je me livrerais verte encore ,
De la branche me détachant ,
Au zéphir qui souffle à l'aurore ,
Au ruisseau qui vient du couchant

J'irai chez la fille du prêtre ,
Chez la blanche fille à l'œil noir ,

Qui le jour chante à sa fenêtre,
Et joue à sa porte le soir
Enfin, pauvre feuille envolée,
Je voudrais au gré de mes vœux
Me poser sur son front, mêlée
Aux boucles de ses longs cheveux.

Comme une perruche au pied leste,
Dans le blé jaune, ou bien encor
Comme dans un jardin céleste
Un fruit vert sur un arbre d'or,
Et là, sur sa tête qui penche,
Je serais, fut-ce peu d'instants,
Plus fière que l'aigrette blanche
Au front étoilé des sultans.

LES CLIMATS.

RÊVERIE CRÉOLE.

Déjà tu veux partir,
O ma pauvre hirondelle,
Le froid glace ton aile,
Et je t'entends gémir.
Sous ces climats de pluie,

Tu pleures , ma chérie ,   *bis.*
Nos beaux climats de feu.
Oh ! viens sur ma fenêtre ,
Le printemps va paraître ,   } *bis.*
Attends, attends encore un peu.

Je souffre comme toi ,
Et comme toi , j'implore
Le regard de l'aurore
Qui se levait sur moi ;
Mais dans notre patrie ,
Le ciel , ma pauvre amie ,   *bis.*
Reste-t-il toujours bleu ?
Oh ! viens sur ma fenêtre , etc.

Attends jusqu'à demain ,
Et demain si l'orage
Couvre encor d'un nuage
Le soleil du matin ,
Pour notre île lointaine ,
Dès l'aurore prochaine ,
Nous partirons tous deux.
Oh ! viens sur ma fenêtre , etc.

LE JEUNE HOMME TIMIDE.

CHANSONNETTE.

Auprès d'une femme jolie ,
Si je veux peindre mon tourment ,
D'abord je parle de la pluie ;
Oui , de la pluie et du beau temps.
Qu'il est terrible pour un cœur } *bis*.
D'être sensible et d'avoir peur.

Ensuite quand je veux lui dire
Le mal que ses beaux yeux me font ,
Je balbutie et je soupire ,
Puis je regarde le plafond.
   Qu'il est , etc.

Dans mes galantes entreprises ,
J'ai par excès de passion ,
Trouvé toutes les places prises ,
J'ai soixante ans , je suis garçon.
Qu'il est terrible pour un cœur } *bis*.
D'être sensible et d'avoir peur.

LA FILLE DU RIVAGE.

BARCAROLLE.

Sur les flots purs du Tage,
Que la rame agitait,
La fille du rivage
En souriant chantait :
Ma fragile nacelle
Guide l'amant fidèle,
Et livre l'inconstant
Au caprice du vent.

Étranger qui m'écoute ;
Et réponds à mes chants ;
La brise sur ta route
Emporte tes serments.
   Ma fragile, etc.

Et penchée avec grace
Sur son léger bateau,
A l'étranger qui passe
Elle redit sur l'eau ;
Ma fragile nacelle
Guide l'amant fidèle,
Et livre l'inconstant
Au caprice du vent.

LE BILLET DOUX.

Air : *Ange de grace et de douleur.*

La jeune Églé dans sa douleur,
Toujours lisait avec tristesse,
Un doux billet qui dans son cœur,
Hélas ! renouvelait sans cesse
Le souvenir de son malheur.
Un doux billet qui dans son cœur,
Hélas ! renouvelait sans cesse   (*bis.*)
Le souvenir de son malheur.

Un perfide et cruel amant,
Par l'artifice et par la ruse,
De ce jeune cœur trop aimant,
Aisément un jour il abuse,
Tant il était simple, innocent.
De ce jeune cœur trop aimant,
Aisément un jour il abuse,   (*bis.*)
Tant il était simple, innocent.

Il feint d'être triste et jaloux,
Il pleure, insiste avec instance,

4

Pour qu'elle accepte un rendez-vous,
A minuit, seule-et sans défense :
Ainsi le veut le billet doux.
Pour qu'elle accepte un rendez-vous,
A minuit, seule et sans défense :   (*bis*.)
Ainsi le veut le billet doux.

Toujours son malheur est présent,
Ce billet déchire son âme,
Et pour surmonter son tourment,
Elle l'abandonne à la flamme
Qui le dévore en un instant.
Et pour surmonter son tourment,
Elle l'abandonne à la flamme   (*bis*.)
Qui le dévore en un instant.

En voyant ce feu destructeur,
Un regret cuisant la déchire,
Elle l'arrache au feu vengeur,
Le feu s'irrite... affreux martyre !
La robe s'embrase..... elle meurt.
Elle l'arrache au feu vengeur,
Le feu s'irrite.... affreux martyre ! (*bis*.)
La robe s'embrase.... elle meurt.

LE CHASSEUR DES ALPES.

Libre et joyeux sur la montagne ,
J'y voudrais passer nuit et jour ,
Sans les chagrins de ma compagne ,
Qui soupire après mon retour.

Chasseur indompté , mon audac^e
Atteint jusqu'au pic effrayant ,
Où nul arbrisseau sur la glace
N'élève son front verdoyant.
    Libre et joyeux , etc.

Je puis au loin porter ma vue
Sur nos bords émaillés de fleurs ;
Et je vois à travers la nue
Briller leurs plus riches couleurs.
    Libre et joyeux , etc.

Contre les orages du monde
Il n'est pas d'orage plus sûr ,
Sous mes pieds, si la foudre gronde,
Sur mon front le ciel est d'azur,
Libre et joyeux sur la montagne ,
J'y voudrais passer nuit et jour ,
an sl es chagrins de ma compagne ,
Qui soupire après mon retour.

ADIEU MON AMOUR.

NOCTURNE.

Adieu mon amour,
Voici l'heure de la retraite,
Entends-tu l'alouette
Qui chante le retour
  Du jour.
Voici l'heure de la retraite,
 Adieu mon amour,
Adieu, adieu, adieu, mon amour. (*bis*)

 Malgré notre hymen
 Qu'a béni la main
 Du vieux solitaire,
 Aux regards jaloux
 D'un père en courroux,
 Cachons ce mystère,
 Adieu mon amour,
 Voici l'heure de la retraite,
 Entends-tu l'alouette
 Qui chante le retour
   Du jour.
 Voici l'heure de la retraite,

Adieu mon amour ,
Adieu, adieu, adieu, mon amour. (*bis.*)

Avant de partir ,
Que pour souvenir
O mon bien suprême!
J'entende la voix
Encore une fois
Me dire , je t'aime....
Adieu , mon amour , etc.

Pour adieux , hélas !
Non , ne me dis pas
Parole si tendre ;
Car alors jamais ,
Plus je ne voudrais ,
La dire ou l'entendre.
Adieu mon amour ,
— Voici l'heure de la retraite ,
Entends-tu l'alouette ,
Qui chante le retour
Du jour.
Voici l'heure de la retraite ,
Adieu mon amour ,
Adieu, adieu, adieu, mon amour. (*bis.*)

UN AMOUR DE VINGT ANS.

CHANSONNETTE.

Je le confesse sans détour,
Le sentiment me faisait rire ;
Maintenant d'amour, je soupire,
Riez, riez à votre tour.
Partez sans moi, troupe volage,
Courez de plaisir en plaisir,
Elle m'ordonne d'être sage ;
Et mon bonheur est d'obéir.
  C'est que je l'aime
  D'amour extrême,
C'est un trésor, un vrai bijou :(ter)
  Dont je suis fou.

Quelquefois d'un ton emporté,
Quand elle est jalouse, inquiète,
En me grondant, elle répète :
Je vous déteste, en vérité ;
Mais cette colère farouche,
Naît et meurt et d'un air confus,
Sa charmante petite bouche,
Me dit : je ne le ferais plus.
  C'est que je l'aime, etc.

Du bal assez triste amateur,
Au jeu j'étais en permanence,
Et maintenant quand elle danse,
Une carte me fait horreur ;
Parmi les beaux danseurs, je brille,
Et pour lui prouver mon amour,
Je figure à chaque quadrille,
Et je danserai jusqu'au jour,
    C'est que je l'aime, etc.

Enfin pour tout dire, en un mot,
Vraiment, si je savais lui plaire,
Je consentirais à me faire
Moine, soldat, payen, dévot.
Bien qu'un voyage me chagrine,
Affrontant le courroux des mers,
Avec elle j'irais en Chine :
N'est-elle pas mon univers ?
    C'est que je l'aime
    D'amour extrême.
C'est un trésor, un vrai bijou (*ter*)
    Dont je suis fou.

YVONNE.

ROMANCE.

A sa Bretagne , à sa patrie ,
Pierre , hélas ! a fait ses adieux ;
Il est allé pour son amie ,
Chercher fortune en d'autres lieux. *bis.*
Guide ses pas , Vierge Marie ,
    Protège nos amours ,
    J'implore ton secours ,
    Dans la sainte chapelle
Où nous venions , chaque printemps ,
    Porter la fleur nouvelle ,
Quand nous étions encore enfants.

A tes genoux , belle Madone ,
Tu me verras , soir et matin ,
A l'heure où la cloche qui sonne ,
Conduit vers toi , le pèlerin.
Oh ! puisse les larmes d'Yvonne ,
    Fléchir enfin le ciel ,
    En tombant sur l'autel.
    De la sainte chapelle , etc.

O toi ! qui veille sur la terre !
Appaise , appaise ma douleur !
Mais que la voix qui dit : Espère ;
Ne vienne pas tromper mon cœur.
Vierge , prends soin du pauvre Pierre,
Pour me le rendre un jour ,
Et bénir notre amour.
Dans la sainte chapelle ,
Où nous venions , chaque printemps,
Porter la fleur nouvelle ,
Quand nous étions encore enfants.

LE FORGERON.

CHANSONNETTE.

Enclume chérie ,
O mes seules amours ,
Bien fort , bien fort retentit toujours.
Ta voix si jolie ,
En mon noir séjour ,
Résonne mieux qu'un doux chant d'amour.
La la la la la la la la la la la la la la la
la la la la la la la la la la la la la la la
la la la la la la la la.

LE PRINTEMPS ET L'HIVER,

MÉLODIE.

Que la nature est belle,
Quand sur la fleur nouvelle
La rosée étincelle,
Dans sa limpidité,
Lorsque sur la verdure,
Le ruisseau qui murmure,
Roule de son eau pure,
Le cristal argenté.
Quand l'oiseau du bocage,
Jouant dans le feuillage,
Par son joyeux ramage,
Chante sa liberté.

Lorsque la primevère,
L'aubépine, le lierre,
Vont, parfumant la terre,
De leur suave odeur;
Et que la bergerette
Pour en parer sa tête,
Cueille la paquerette

A la blanche couleur.
Tout renaît, tout respire,
Enchanté l'œil admire,
Le séduisant sourire,
De la nature en fleur.

La saison printanière,
Hélas ! est passagère,
Inconstante et légère,
Comme un enfant de l'air ;
Le temps que rien n'évite,
Qui s'envole si vite,
Emporte dans sa fuite,
Tout ce qui nous est cher.
Tel est notre partage,
Aussi quand il est sage,
L'homme au printemps de l'âge
Doit songer à l'hiver.

JANE GRAY.

ROMANCE.

Reine d'un jour,
Je tenais cour,
Je régnais sur la noble terre
De l'Angleterre ;

Mais quand du sort cruel retour ,
Vient me ravir sceptre et couronne ,
    Tout m'abandonne.!...
  - Tout m'abandonne....
    Reine d'un jour ,
    N'a plus de cour !....

    Mais sur la tour
    A fui le jour ,
Qui va trancher sa destinée ,
    Infortunée ,
Jane priant avec ardeur ,
Dit au bourreau : Me voilà prête ,
    Me voilà prête ,
    Prenez ma tête !....
    Et vous Seigneur ,
    Prenez mon cœur !

    Quand elle sent
    L'homme de sang ,
Qui va toucher son cou de cygne....
    L'enfant se signe....
Et puis belle encor de pâleur ,
Sa bouche à Dieu , qui la réclame
    Rendit son ame ,
    Rendit son ame....
    Comme une fleur
    Sa douce odeur.

LE LANGUEDOC.

Beau Languedoc, ciel enchanteur, c'est là
   Que je voudrais passer ma vie.
Tes bois, tes monts, tes eaux, tes fleurs,
    voilà !
   Mon doux plaisir ma seule envie,
     Si quelque jour
     Le Dieu d'amour
Quittait les cieux pour un autre séjour,
     Terre chérie,
     Rive fleurie,
C'est sur tes bords qu'il fixerait sa cour ;

Sur la montagne hier j'ai vu Sylvain
   De tes forêts cherchant l'ombrage,
Sur son hautbois par des accords divins,
  Interrogeait l'écho sauvage.
     Il se taisait,
     Puis écoutait,
A ses chansons, si l'écho répondait :
     La jeune Lise,
     Seulette assise,
Sous l'olivier dans la plaine chantait.

Sur les côteaux je vois le lièvre fuir ,
 J'entends l'abeille qui bourdonne ,
Dans le sentier le chevreau va bondir ,
 C'est la clochette qui résonne.
 Dans le sentier ,
 Le muletier
Presse en chantant le pas de son coursier
 Et la bergère ,
 Avec mystère ,
Revient s'asseoir au pied de l'olivier.

Puis j'aperçois au loin étinceller ,
 Ta mer , ô belle Occitanie ,
Ses eaux d'azur , de vaisseaux se charger ;
 Tes fruits vont orner leur patrie.
 De ses filets ,
 Tendant les rets ,
Le nautonnier ne craint jamais tes flots.
 Sur cette plage ,
 Jamais l'orage ,
Ne vint troubler les chants des matelots.

LE BEAU NAVIRE

Adieu, mon beau navire,
Au grand mât pavoisé,
Je te quitte et puis dire :
Mes beaux jours sont passés.

Toi, qui plus fort que l'onde
En sillonnant les flots,
A tous les bouts du monde
Portait nos matelots,
Nous n'irons plus
Nous n'irons plus ensemble,
Voir l'équateur en feu,
Mexique où le sol tremble
Ni l'Espagne au ciel bleu.
Adieu, etc.

Quand éclatait la nue ;
Et la foudre à nos yeux :
Lorsque la mer émue
S'élançait jusqu'au cieux ;
Sous nos pieds, sous nos pieds
Sur nos têtes ;

Quand grondaient mer et vent ;
Entre ces deux tempêtes ,
Tu passais triomphant.
   Adieu , etc.

Plus de courses paisibles ,
Où l'espoir est au cœur ;
Plus de combats terribles
Dont tu sortais vainqueur ,
D'une main , d'une main hardie ,
Un autre à mon vaisseau ,
Sur la poupe ennemie ,
Plantera ton drapeau.
Adieu , mon beau navire ,
Au grand mât pavoisé ,
Je te quitte et puis dire :
Mes beaux jours sont passés.

LE REMPLAÇANT.

Je me suis engagé
Dans la garde du Roi ,
Mon frère a son congé ,
Je suis content de moi.

Car il allait partir,
Et partir pour la guerre,
Quand on vint m'avertir
Qu'il pleurait mon bon frère.
  Je me suis engagé, etc.

Le voyant désolé
Près de Germaine en larmes,
A sa place enrôlé,
Pour lui j'ai pris les armes.
  Je me suis engagé, etc.

Voyez-vous, cependant,
J'aimais aussi Germaine,
Rien qu'en la regardant,
J'éprouvai joie et peine.
  Je me suis engagé, etc.

Et puis, si je mourrais,
Quelque jour à la guerre,
En tombant, je dirais,
Songeant à mon bon frère :
Je me suis engagé
Dans la garde du Roi,
Mon frère à son congé,
Je meurs content de moi.

LA REINE DES FOUS.

Accourez-tous, accourez tous, } *bis.*
Je suis la reine des fous.
Accourez troupe fidèle,
Joyeux enfants du plaisir ;
A ma voix qui vous appelle,
Hâtez-vous tous d'obéir ;
Buvez l'oubli de vos peines,
Dans ce philtre merveilleux ;
A demain l'ennui, les chaînes,
Aujourd'hui soyez heureux.
Accourez-tous, accourez-tous, } *bis.*
Je suis la reine des fous.

Comme je tourne les têtes,
Quand donnant le gai signal,
Des jeux, des bals et des fêtes,
Je crie à tous : Carnaval !
Entendez les mascarades,
Basquines et dominos ;
Bacheliers jusqu'aux alcades,
Chanter au bruit des grelots ;
Accourez-tous, accourez-tous, } *bis.*
Voici la reine des fous.

D'humeur fantasque et follette,
Mon sceptre est un tambourin,
Ma couronne une clochette,
Mon ennemi le chagrin ;
Mon royaume est où l'on danse,
Le rire est mon élément ;
Je réfléchis en cadence,
Et je gouverne en chantant.
Accourez tous, accourez-tous, } bis.
Je suis la reine des fous.

LA PAUVRE FILLE.

ROMANCE.

Pardonne-moi, mon père !
Pardonne à ma misère !
Tu pardonnais, tu pardonnais !
Quand tu m'aimais ?
Dans la sainte prière,
Tu le disais, mon père,
Toujours pardon ! toujours pardon !
Vengeance ; jamais !

Je suis l'enfant de tes tendresses,
Que tu berçais d'un œil si doux ;

Tu me nourris de tes caresses,
Et je n'ai plus que ton courroux !
Si ton cœur est inexorable,
Quel cœur pour moi sera clément ?
Envers toi, je suis bien coupable,
Mais le coupable est ton enfant !
    Pardonne-moi, mon père !
    Pardonne à ma misère !
    Tu pardonnais, tu pardonnais,
    Quand tu m'aimais !
    Dans la sainte prière,
    Tu le disais, mon père ;
Toujours pardon ! toujours pardon !
    Vengeance, jamais !

Si tu savais sur quel calvaire,
Il m'a fallu porter ma croix !
Le froid ! la soif ! la faim !.... mon père !
Souvent tous ces maux à la fois !
Mais le plus cruel pour ta fille,
C'était de ne plus recevoir,
Après la prière en famille,
Mon père, ton baiser du soir !....
    Pardonne-moi, mon père !
    Pardonne à ma misère !
    Tu pardonnais, tu pardonnais,
    Quand tu m'aimais !

Dans la sainte prière
Tu le disais, mon père,
Toujours pardon ! toujours pardon !
Vengeance, jamais !

Non, dis-tu, je n'ai plus de fille,
Si je ne suis pas ton enfant.
Qui m'a donné ce front où brille
Toute la fierté de ton sang ?....
Ce regard qui savait te plaire,
Ce cœur que tu brises d'effroi ...
Et la voix, la voix de ma mère,
Qui me l'a donnée ? oh c'est toi !....
Mais je le vois, mon père,
J'ai fléchi la colère,
Et pour moi s'ouvre enfin,
Ce cœur que tu fermais,
Oui, tu pleures, mon père,
Je te suis toujours chère !
Pour ton enfant, toujours pardon !
Vengeance, jamais !

L'ENFANT DE LA MONTAGNE.

ROMANCE.

Ouvre-moi bonne mère,
Je reviens au pays,
Consoler ta misère
C'est Julien, c'est ton fils !
Quand j'ai fui ta demeure,
Tu m'as dit en partant :
Faudra-t-il que je meure
Sans revoir mon enfant !
L'airain de la chapelle,
A tinté douze fois,
Hélas ! le chien fidèle
Seul répond à ma voix. *bis,*

N'as-tu plus souvenance,
De ce joyeux refrain
Que j'ai redit en France
Pour te gagner du pain.
Écoute, bonne mère,
Un bruit plus doux encor ;
Écoute, en ta chaumière
Sonner mes trois louis d'or.
    L'airain, etc.

L'enfant de la montagne,
Ainsi chantait la nuit,
Quand le chien l'accompagne,
Loin du pauvre réduit.
Sous la neige qui tombe,
Dort l'objet de ses vœux.
Hélas ! la nuit qui tombe,
Les réunit tous deux,
Et près de la chapelle,
Quand l'aube est de retour,
On voit le chien fidèle
Revenir chaque jour.   *bis*

M.

M'AIMEREZ-VOUS TOUJOURS ?

ROMANCE.

Si je n'avais plus la voix tendre,
Si j'étais loin et sans espoir,
Je pourrais t'aimer sans l'entendre,
Je pourrais t'aimer sans te voir.
Mais moi, de ton cœur séparée,
Serai-je encore l'adorée ?
Malgré l'absence, ô mes amours !
M'aimerez-vous toujours, toujours ?

M'aimerez-vous... m'aimerez-vous toujours,
M'aimerez-vous toujours ?

Mon bien-aimé quand la vieillesse
Me ternira de sa pâleur,
Lorsque le feu de ma tendresse
Ne sera plus que dans mon cœur;
Dans cette image, hélas ! flétrie,
Verrez-vous l'image chérie ?
Malgré le temps, ô mes amours !
M'aimerez-vous toujours, toujours ?
M'aimerez-vous... m'aimerez-vous toujours,
M'aimerez-vous toujours ?

Si Dieu m'appelle, et la première,
Si je m'exiles de ces lieux,
Vous souviendrez-vous sur la terre
Que je vous attends dans les cieux ?
Retrouverai-je sans parjure
Votre ame fidèle et si pure ?
En souvenir, ô mes amours !
M'aimerez-vous toujours, toujours ?
M'aimerez-vous.., m'aimerez-vous toujours,
M'aimerez vous toujours ?

LA CRÊCHE.

PRIÈRE.

Salut ! ô sainte crêche ,
Berceau du Roi des Rois ,
Faite de paille fraîche
Et de mousse des bois !

Nous sommes des Rois mages ;
Nous de pauvres pasteurs ,
Nous t'offrons nos hommages ;
Nous te donnons nos cœurs.
Salut ! ô sainte crêche ,
Berceau du Roi des Rois ,
Faite de paille fraîche
Et de mousse des bois !

D'Orient une étoile ,
Sur ton front s'arrêta ;
C'est un ange sans voile
Qui vers toi nous guida.
Salut ! ô sainte crêche ,
Berceau du Roi des Rois ,

Faite de paille fraîche
Et de mousse des bois !

Jésus, dans maint royaume
Nous t'irons proclamer ;
Jésus, sous l'humble chaume,
Nous te ferons aimer.
Salut ! ô sainte crêche,
Berceau du Roi des Rois,
Faite de paille fraîche
Et de mousse des bois !

Nous dirons ton empire
Aux peuples étonnés ,
Et nous , ton doux sourire
A tous nos nouveaux nés.
Salut ! ô sainte crêche ,
Berceau du Roi des Rois,
Faite de paille fraîche
Et de mousse des bois !

Vous avez tous un maître,
O monarques puissants !
Un Dieu vient de nous naître,
Aujourd'hui pauvre gens,
Salut ! ô sainte crêche ,
Berceau du Roi des Rois,

Faite de paille fraîche
Et de mousse des bois !

Et les mages partirent,
En disant : Gloire au feu !
Et les bergers sortirent,
En disant : Gloire à Dieu !
Salut ! ô sainte crèche,
Berceau du Roi des Rois,
Faite de paille fraîche
Et de mousse des bois !

LE RETOUR AU CASTEL.

ROMANCE.

Gentille châtelaine,
Je reviens près de toi,
Mais mon ame incertaine
Éprouve quelqu'effroi ;
Un songe m'importune
C'est celui du bonheur,
Car je n'ai pour fortune
Que ma lyre et mon cœur.

Lorsque loin de la France,
Je suivis notre roi,

Je conçus l'espérance
D'être digne de toi.
J'acquis un peu de gloire,
Mais je n'ai par malheur,
Gardé de la victoire
Que ma lyre et mon cœur.

Appaise tes alarmes,
Aimable troubadour,
Ce qui cause tes larmes,
Va finir dès ce jour :
Que me fait la richesse,
Un trésor plus flatteur
Suffit à ma tendresse ;
C'est ta lyre et ton cœur.

LA PLUS VERTE PRAIRIE.

CANTILÈNE.

La plus verte prairie,
Où tu n'es pas, Marie,
Loin que je lui sourie,
Me voit triste et rêveur ;
Au château, que l'on danse,
Je regarde et je pense,
Je pleure ton absence,
Et puis, vois-tu, j'ai peur.

Ah ! plains-moi , mon bel ange ,
De répandre des pleurs ,
Quand d'amour sans mélange ,
Palpitent tous les cœurs.

Au faîte des tourelles ,
Je vois les tourterelles ,
Caresser de leurs ailes
Les tourtereaux aimés.
J'écoute la fauvette ,
Qui module et répéte ,
A la forêt muette ,
Ses chants accoutumés.
   Ah ! plains , etc.

Les amants du village ,
Vont causer sous l'ombrage ;
Du chêne au vert feuillage ,
Et se pressent la main.
La nuit vient à descendre ,
Par un serment bien tendre ,
On promet de s'y rendre
Encor le lendemain.
Ah ! plains moi , mon bel ange ,
De répandre des pleurs ,
Quand d'amour sans mélange ,
Palpitent tous les cœurs.

LE PAGE INCONSTANT,

ROMANCE.

Pourquoi sous ta longue paupière,
De tes beaux yeux cacher l'azur ?
Pourquoi t'enfuir sur la bruyère ?
Que crains-tu ? mon hommage est pur.
   Ton aspect est si plein de charmes,
     Reste toujours ;
   Ah ! par pitié donne une larme
     A mon amour !

Grace , suspend ton vol rapide ,
Enchanteresse , écoute-moi !
Moins gracieuse est la sylphide ,
L'Ange du ciel est moins beau que toi.
    Ton aspect , etc.

Mais , hélas ! quand vint la nuit sombre ,
Le page insconstant s'enfuyait ,
La bergère appelait dans l'ombre ,
Et toute en pleurs elle criait :
   Ton aspect est si plein de charmes,
     Reste toujours ,
   Ah ! par pitié donne une larme
     A mon amour !

LE BÉDOUIN.

ROMANCE.

À son harem enfin, je t'ai ravie ;
Le vieux Emir va bondir de courroux,
Spectre odieux oublié dans la vie,
Il rêve encor les droits d'un jeune époux.
Il t'abusait en sa folle vieillesse,
Te promettait des plaisirs mensongers,
Trésor d'amour, la fleur de ta jeunesse
Se fut flétrie à ses impurs baisers.

Viens avec moi, fuyons ma bien-aimée,
Je sais au loin, par-de-là le désert,
Sous un ciel pur, une terre embaumée,
Une Oasis, paradis toujours vert.
Viens y braver sa fureur impuissante,
Je veux t'y faire un destin enchanté ;
Viens, ma houris, respirer sous ma tente,
Avec l'amour, l'air de la liberté !

Jeunes tous deux, tous deux pleins d'espé-
     rance,

Ils s'éloignaient sur la foi de l'amour,
Mais de l'Emir la fatale vengeance,
Des fugitifs marquait le dernier jour.
Surpris tous deux, un linceul les rassemble.
Allez, dit-il, former d'autres complots,
Et dans le lac tous deux plongés ensemble,
Ont achevé leur rêve au fond des flots !

ADIEU.

ROMANCE.

Adieu ! je pars, ô beaux rivages !
Il faut mourir ou nous venger !
Sur les clochers de nos villages,
Flotte l'étendart étranger.

Adieu ! doux sourires de femme,
Longs entretiens qui m'enivrez,
Tendres aveux, regards de flamme,
Chants du soir tout bas murmurés,
Balcons où la beauté se penche,
Pour écouter des mots plus doux,
Billets de feu qu'une main blanche,
Glissait sous le store jaloux.
 Adieu ! je pars, etc.

Eh ! dans un beau jour de victoire ,
Heureux , le soldat abattu ,
Qui tombe couvert de sa gloire ,
Et du plis du drapeau vaincu.
Heureux ! qui fermant ses paupières ,
En voyant fuir les ennemis ;
Peut dire : j'ai sauvé ma mère ,
Et j'ai délivré mon pays.
Adieu ! je pars , ô beaux rivages !
Il faut mourir ou nous venger !
Sur les clochers de nos villages
Flotte l'étendart étranger.

S'IL VOUS AIMAIT DE MON AMOUR.

ROMANCE.

Pourquoi me dire qu'il vous aime?
Eh ! qui ne vous aimerait pas !
Quand vous voir , vous entendre même ,
C'est déjà vous aimer tout bas...
Avec vous , au bal , s'il assiste ,
Il est gai , bruyant tour-a-tour....
Oh ! voyez-vous , il serait triste ,   } bis.
S'il vous aimait de mon amour.

A vos côtés, quand on approche,
Il ne se montre point jaloux,
Il ne vous fait aucun reproche,
Et pourtant, on est près de vous...
Au danseur qui vous a choisie;
Qui vous parle, il parle à son tour....
Il aurait plus de jalousie,
S'il vous aimait de mon amour.

S'il vous aimait, comme moi j'aime,
D'un amour qui n'est que douleur,
Il vous dirait, injuste même,
Des mots qui font venir des pleurs;
Mots cruels, dont on est charmée,
Et malheureuse, tour-à-tour;
Mais du moins, vous seriez aimée,
S'il vous aimait de mon amour.

LA VILLE.

Déjà d'un voile sombre,
Le soir obscurcit les cieux,
La ville fuit dans l'ombre
Et se dérobe à mes yeux.

Le vent gémit et passe,
Gonflant le sein de l'eau :
Où brille un moment la trace
Qui suit mon léger bateau.

Soleil, rends-moi ta lumière,
Je veux revoir le séjour,
Où celle qui m'est chère,
N'attendra plus mon retour.

En vain, mon œil débile,
Avait espéré te voir ;
Adieu, lointaine ville !
Il faut te fuir sans espoir.

Au moins coulez mes larmes,
Venez calmer mon cœur,
La vie a perdu ses charmes,
Là-bas était le bonheur.

Et toi, pourtant que j'adore,
Tu n'entends pas mes regrets,
Tu m'es plus chère encore,
Et je te perds à jamais.

VOILA LE FOU !

ROMANCE.

Lorsque mon œil suit dans l'espace,
Un léger nuage qui passe,
Et s'élève toujours, toujours
Vers le ciel où sont mes amours ;
Si je lui parle de Marie ,
Morte dans sa fraîche saison;
Croyez-moi , si je pleure et prie ,
Amis. , j'ai toute ma raison....
Pourtant quand je vais au village ,
Au bois , dans les champs , n'importe où ,
Chacun redit sur mon passage :
  Voilà le fou !
  Voilà le fou !

Lorsque je vois ces jeunes filles ,
Danser là-bas sous les charmilles ,
Où toujours nous étions tous deux ,
Et sans danser les plus heureux ;
Si je rêve alors à Marie ,
Morte dans sa fraîche saison ?
 Croyez-moi , etc.

Lorsque je vois briller dans l'ombre
Parmi les étoiles sans nombre ,
Une étoile que j'aime tant ,
Et qui là haut , qui là haut m'attend ,
Si j'appelle à genoux Marie ,
Morte dans sa fraîche saison ,
Croyez-moi , si je pleure et prie ,
Amis , j'ai toute ma raison....
Pourtant quand je vais au village ,
Au bois, dans les champs , n'importe où ,
Chacun redit sur mon passage :
   Voilà le fou !
   Voilà le fou !

QUE LISEZ-VOUS DANS MA MAIN.

ROMANCE.

Ah ! bonne vieille , vous que j'aime ,
Qui savez tout , l'avenir même ,
Tout bas , tout bas , bien entre nous ,
Je vous en prie , à vos genoux ,
Ah ! dans ma main que lisez-vous ?
Répondez-moi , que lisez-vous ?

Je lis que de tout le village ,
Robert le plus riche de tous ,

Aime une fille pauvre et sage ;
Oui, sage et pauvre comme vous,
Quand tous les yeux la trouvent belle,
Seule elle ignore, cependant,
L'amour qu'on éprouve pour elle,
Hélas ! rien qu'en la regardant.
Ah ! bonne vieille, vous que j'aime,
Qui savez tout l'avenir même,
Tout bas, tous bas, bien entre nous,
Je vous en prie, a vos genous.
Ah ! dans ma main que lisez-vous ?
Répondez-moi, que lisez-vous ?

Je lis que cette jeune fille
Le soir va consultant les fleurs,
Je lis que sa paupière brille
D'amour mal caché par ses pleurs ;
Dans votre main, e vois qu'elle aime,
Robert que je vous ai nommé ;
Je lis qu'elle éprouve elle-même,
Tout l'amour dont il est charmé.
Ah ! bonne vieille, vous que j'aime,
Qui savez tout l'avenir même,
Tout bas, tout bas, bien entre nous,
Je vous en prie, a vos genoux,
Ah ? dans ma main que lisez-vous ?
Répondez-moi, que lisez-vous ?

Je lis que d'un peu d'espérance,
Robert, Robert serait joyeux ;
Ou bien, qu'il va dans sa souffrance
A tout jamais quitter ces lieux.
S'il n'est aimé ; vite à la guerre
Il ira chercher le trépas....
Mais vous pleurez, allons, ma chère,
Je lis qu'il ne partira pas.
Ah ! bonne vieille, vous que j'aime,
Qui savez tout, l'avenir même,
Je suis tremblante à vos genoux,
Voici Robert, ah ! taisez-vous !
Je suis tremblante à vos genoux.
Voici Robert, ah ! taisez-vous !

CROIS-MOI.

ROMANCE.

Ne crois pas, ô mon ange,
A leurs mots enchanteurs,
A leurs douces louanges
A leurs propos menteurs....
Ne crois pas, ô mon ange !
A leurs propos menteurs.

Mais quand ma voix fidèle ,
Tout bas te dit : que nulle autant que toi
    N'est belle ,
    Crois-moi.

    Ils vanteront , Marie ,
    Tes yeux, tes blonds cheveux ,
    Ta grace.... oh ! je t'en prie
    N'écoute pas leurs vœux ,
    Ne les crois pas , Marie ,
    N'écoute pas leurs vœux ,
      Mais quand ma voix fidèle , etc.

    Ils te diront sans doute ,
    Ils te diront un jour :
    Je t'aime. Eh ! bien , redoute
    Leurs mots trompeurs d'amour....
    Ah ! par pitié , redoute
    Leurs mots trompeurs d'amour....
    Mais quand , bonheur suprême !
Ému , tremblant , je dis auprès de toi :
    Je t'aime ,
    Crois-moi.

LA PRIÈRE D'ANGÈLE.

A genoux en silence ,
L'orpheline priait ,
Couronne d'innocence
Sur son front pur brillait ;
Pas un doigt sur la terre
Pour lui montrer les cieux !
Pas un baiser de mère
Pour lui fermer les yeux !....
Le soir quand se clos sa paupière ,
En dormant fidèle à sa foi !
—L'enfant murmure : Bonne mère ,
Du haut des cieux , priez pour moi !...

Mon Dieu , disait Angèle ,
Mon cœur est loin d'ici ,
Et ma bouche infidèle
Ne peut prier que lui !....
Toujours son doux sourire ,
Entre mon ame et Dieu !
Toujours ma voix expire ,
Sous son regard de feu !...
Et quand se fermait sa paupière ,
La pauvre Angèle avec émoi ,
Murmurait tout bas : bonne Mère ,
Du haut des cieux veillez sur moi !...,

Un soir à la même heure ,
L'enfant ne pria plus ;
Nuit et jour elle pleure ;
Mais regrets superflus !
Couronne d'innocence !
Bonheur et douce paix ?
Beaux soleils de l'enfance ,
Perdus las ! pour jamais !..
Et quand se fermer sa paupière ,
La pauvre Angèle avec effroi ,
Murmurait encor : bonne Mère ,
Du haut des cieux, pardonnez-moi !...

LA FIDÈLE.

CHANSONNETTE.

Par un soldat de ce canton ,
Je t'écris , Pierre , que je t'aime !
Te priant dans l'occasion ,
De me l'écrire aussi de même.
Me grondant tous les jours , mon père ,
Dis que t'es parti pour long-temps ;
Mais, quand même il faudrait mon Pierre ,
T'attendre jusqu'à cinquante ans !
　　A ton retour ,　　　　　} bis.
Tu trouveras le même amour.

Je veux un gage de ta foi ,
Non pas de peur que je t'oublie ;
Mais je veux le porter sur moi ,
Tu seras plus près de Marie.
Mais , pour ce que je te demande ,
Ne te donne pas trop de soins.
Mon Pierre , ta bonne flamande ,
A toi , n'en penseras pas moins.
  Sans rien de toi ,
J'aurai toujours , même amour. } *bis*.

De ton côté , Pierre en partant ,
Tu m'as promis même constance ;
Tu pourrais bien changer pourtant ,
On dit que ça se voit en France ,
Ne crois pas qu'un jour je me venge ,
Si tu venais à me quitter ;
Mais écoute , si ton cœur change ,
Je pleurerai sans t'imiter....
  Tant pis pour toi !
J'aurai toujours mêmes amours ,
  Tant pis ! mais moi ,
J'aurai toujours mêmes amours.

TABLE.

FIN DE LA TABLE.

www.ingramcontent.com/pod-product-compliance
Lightning Source LLC
Chambersburg PA
CBHW060431260626
47161CB00005B/1883